یے شین

YEH-HSIEN

retold by Dawn Casey
illustrated by Richard Holland

Urdu translation by Qamar Zamani

بہت زمانہ گزرا، پرانی دستاویز کے مطابق، جنوبی چین میں یے شین نام کی ایک لڑکی رہتی تھی۔ بچپن ہی سے وہ عقلمند اور نرم دل تھی۔
جب وہ بڑی ہوئی تو اُس کو زبردست صدمے کا سامنا کرنا پڑا۔ پہلے اُس کی والدہ کا انتقال ہوا اور پھر اُس کے والد چل بسے۔
یے شین اپنی سوتیلی ماں کی نگرانی میں رہ گئی۔

لیکن سوتیلی ماں کی اپنی بھی ایک بیٹی تھی اور اُس کو یے شین سے ذرا بھی محبت نہیں تھی۔ وہ اُس کو کھانے کے لئے بمشکل ایک بچا ہوا ٹکڑا دیتی تھی
اور پہننے کے لئے پھٹے پُرانے کپڑے۔
وہ یے شین کو مجبور کرتی تھی کہ بے انتہا خطرناک جنگلوں سے لکڑیاں جمع کر کے لائے اور بے حد گہرے تالابوں سے پانی بھرے۔
یے شین کی زندگی میں صرف ایک دوست تھی۔۔۔

Long ago in Southern China, so the old scrolls say, there lived a girl named Yeh-hsien. Even as a child she was clever and kind. As she grew up she knew great sorrow, for her mother died, and then her father too. Yeh-hsien was left in the care of her stepmother.

But the stepmother had a daughter of her own, and had no love for Yeh-hsien. She gave her hardly a scrap to eat and dressed her in nothing but tatters and rags. She forced Yeh-hsien to collect firewood from the most dangerous forests and draw water from the deepest pools.
Yeh-hsien had only one friend...

ایک ننھی سی مچھلی جس کے سرخ گلپھڑے اور سنہری آنکھیں تھیں۔ کم از کم جب وہ یے شین کو پہلی بار ملی تو چھوٹی سی تھی۔

لیکن اُس نے مچھلی کو پیٹ بھر کھانا اور بھرپور محبت دی اور بہت جلد وہ ایک بہت بڑی جسامت کی مچھلی بن گئی۔

جب بھی وہ تالاب پر جاتی مچھلی ہمیشہ اپنا سر پانی سے نکالتی اور اُس کے قریب تالاب کے کنارے پر رکھ دیتی۔ کسی کو اُس کے راز کا علم نہیں تھا۔

اُس دن تک جب اُس کی سوتیلی ماں نے اپنی بیٹی سے پوچھا ”یے شین اپنے چاول کے دانے لے کر کہاں جاتی ہے؟“

”آپ اُس کا پیچھا کیوں نہیں کرتیں؟“ بیٹی نے رائے دی ”اور پتہ کیوں نہیں لگا لیتیں؟“

لہذا سوتیلی ماں سرکنڈوں کے ایک جھنڈ کے پیچھے انتظار میں بیٹھی رہی اور غور سے دیکھتی رہی۔

جب اُس نے یے شین کو واپس جاتے دیکھ لیا تو اُس نے اپنا ہاتھ تالاب میں ڈبو دیا اور اُس کو زور زور سے چاروں طرف ہلایا۔

”مچھلی! اوہ مچھلی!“ وہ گنگنائی۔

لیکن مچھلی پانی کے نیچے محفوظ بیٹھی رہی۔ ”بدبخت حیوان،“ سوتیلی ماں نے بددعا دی ”میں تجھے سمجھ لوں گی۔۔۔“

...a tiny fish with red fins and golden eyes. At least, she was tiny when Yeh-hsien first found her. But she nourished her fish with food and with love, and soon she grew to an enormous size. Whenever she visited her pond the fish always raised her head out of the water and rested it on the bank beside her. No one knew her secret. Until, one day, the stepmother asked her daughter, "Where does Yeh-hsien go with her grains of rice?"
"Why don't you follow her?" suggested the daughter, "and find out."

So, behind a clump of reeds, the stepmother waited and watched. When she saw Yeh-hsien leave, she thrust her hand into the pool and thrashed it about. "Fish! Oh fish!" she crooned. But the fish stayed safely underwater. "Wretched creature," the stepmother cursed. "I'll get you..."

''آج تم نے بہت محنت سے کام کیا ہے نا!'' سوتیلی ماں نے شام کے وقت یے شین سے کہا۔ ''تم ایک نئ پوشاک کی حقدار ہوگئی ہو۔'' اور اُس نے یے شین سے اُس کے پھٹے پرانے کپڑے اُتارنے کے لئے کہا اور دوسرے کپڑے پہنوادیئے۔ ''اَب تم جاؤ اور چشمے سے پانی بھرلاؤ۔ جلدی واپس آنے کی کوئی ضرورت نہیں ہے۔''

جیسے ہی یے شین نظروں سے اُوجھل ہوئی، سوتیلی ماں نے پھٹے پرانے کپڑے پہن لئے اور تیزی سے تالاب کی طرف چل دی۔ اُس کی آستین میں ایک چاقو چھپا ہوا تھا۔

"Haven't you worked hard!" the stepmother said to Yeh-hsien later that day. "You deserve a new dress." And she made Yeh-hsien change out of her tattered old clothing. "Now, go and get water from the spring. No need to hurry back."

As soon as Yeh-hsien was gone, the stepmother pulled on the ragged dress, and hurried to the pond. Hidden up her sleeve she carried a knife.

مچھلی نے یے شین کے کپڑے دیکھے اور ایک لمحے کے اندر اپنا سر پانی سے باہر نکال لیا۔ دوسرے ہی لمحے سوتیلی ماں نے اپنا خنجر مچھلی کے اندر اُتار دیا۔
مچھلی کا عظیم جسم اُچھل کرتالاب سے باہر آیا اور کنارے پر ایک ڈھیر کی طرح گر گیا۔ بے جان۔

''مزیدار،'' سوتیلی ماں نے اُس رات مچھلی کا گوشت پکایا اور کھاتے وقت چٹخارے لے کر بولی ''یہ عام مچھلی سے دوگنا مزیدار ہے۔''
اور اُس نے اور اُس کی بیٹی نے مل کر یے شین کی دوست کا ایک ایک ٹکڑا ہڑپ کر لیا۔

The fish saw Yeh-hsien's dress and in a moment she raised her head out of the water. In the next the stepmother plunged in her dagger. The huge body flapped out of the pond and flopped onto the bank. Dead.

"Delicious," gloated the stepmother, as she cooked and served the flesh that night. "It tastes twice as good as an ordinary fish." And between them, the stepmother and her daughter ate up every last bit of Yeh-hsien's friend.

اگلے روز جب یے شین نے مچھلی کو پکارا تو اُسے کوئی جواب نہیں ملا۔ جب اُس نے دوبارہ آواز دی تو وہ بہت عجیب اور اُونچی سی آواز نکلی۔
اُس کا پیٹ جکڑا ہوا محسوس ہوا۔ اُس کا منہ سوکھ گیا تھا۔ اپنے ہاتھوں اور گھٹنوں پر گر کر یے شین نے پانی میں اُگنے والی جھاڑیوں کے اندر دیکھا۔
لیکن اُس کو دھوپ میں جگمگاتے ہوئے سنگریزوں کے علاوہ اور کچھ نظر نہیں آیا۔ اور وہ سمجھ گئی کہ اُس کی اکلوتی دوست اَب اِس دنیا میں نہیں ہے۔

روتے ہوئے اور بین کرتے ہوئے یے شین زمین پر ڈھیر ہوگئی اور اپنا سر اپنے ہاتھوں میں چھپالیا۔ لہذا اُس نے یہ نہیں دیکھا کہ
ایک ضعیف آدمی آسمان سے تیرتا ہوا نیچے اُتر رہا ہے۔

The next day, when Yeh-hsien called for her fish there was no answer. When she called again her voice came out strange and high. Her stomach felt tight. Her mouth was dry. On hands and knees Yeh-hsien parted the duckweed, but saw nothing but pebbles glinting in the sun. And she knew that her only friend was gone.

Weeping and wailing, poor Yeh-hsien crumpled to the ground and buried her head in her hands. So she did not notice the old man floating down from the sky.

ہوا کا ایک جھونکا اُس کی پیشانی سے ٹکرایا اور اُس نے اپنی سُرخ سُرخ آنکھیں اُٹھا کر اُوپر دیکھا۔ ضعیف آدمی نے نیچے نظر ڈالی۔ اُس کے بال کھلے ہوئے تھے اور اُس کے کپڑے کھردرے تھے لیکن اُس کی آنکھوں سے ہمدردی جھلک رہی تھی۔

''رونا بند کردو،'' اُس نے نرمی سے کہا۔ ''تمہاری سوتیلی ماں نے تمہاری مچھلی کو مار ڈالا ہے۔ اور اُس کی ہڈیاں گوبر کے ڈھیر میں چھپا دی ہیں۔ جاؤ اور مچھلی کی ہڈیوں کو لے آؤ۔ اُن میں بہت زبردست جادو چھپا ہوا ہے۔ تمہاری جو بھی خواہش ہوگی وہ پوری کردیں گی۔''

A breath of wind touched her brow, and with reddened eyes Yeh-hsien looked up. The old man looked down. His hair was loose and his clothes were coarse but his eyes were full of compassion.

"Don't cry," he said gently. "Your stepmother killed your fish and hid the bones in the dung heap. Go, fetch the fish bones. They contain powerful magic. Whatever you wish for, they will grant it."

یے شین نے عقلمند آدمی کی نصیحت پر عمل کیا اور مچھلی کی ہڈیاں اپنے کمرے میں چھپا دیں۔ کبھی کبھی وہ اُن کو نکال کر اپنے ہاتھوں میں لے لیتی۔ اُس کو اپنے ہاتھوں میں اُن کی ٹھنڈک اور وزن کا احساس ہوتا۔ زیادہ تر وہ اپنی دوست کو یاد ہی کرتی تھی لیکن کبھی کبھی اپنی خواہش کا اظہار بھی کرتی۔

اَب یے شین کے پاس اُس کی ضرورت کے لئے ہر طرح کے کھانے اور لباس موجود تھے۔ اِس کے علاوہ وہ اَب قیمتی زُمرد اور چاندنی کی طرح جھلکتے ہوئے موتیوں کی مالک تھی۔

Yeh-hsien followed the wise man's advice and hid the fish bones in her room. She would often take them out and hold them. They felt smooth and cool and heavy in her hands. Mostly, she remembered her friend. But sometimes, she made a wish.

Now Yeh-hsien had all the food and clothes she needed, as well as precious jade and moon-pale pearls.

جلد ہی آلوچے کے شگوفوں کی مہک نے بہار کی آمد کا اعلان کیا۔ یہ بہار کا جشن منانے کا وقت تھا جہاں لوگ اپنے بزرگوں کو عقیدت پیش کرتے ہیں اور نوجوان مرد اور عورتیں اپنی زندگی کا ساتھی تلاش کرنے کی اُمید کرتے ہیں۔

''ہائے، میرا وہاں جانے کو کتنا دل چاہ رہا ہے،'' یے شین نے آہ بھری۔

Soon the scent of plum blossom announced the arrival of spring. It was time for the Spring Festival, where people gathered to honour their ancestors and young women and men hoped to find husbands and wives.
"Oh, how I would love to go," Yeh-hsien sighed.

”تم ؟!“ سوتیلی بہن نے کہا ”تم وہاں نہیں جا سکتیں!“
”تمہیں یہاں رہ کر پھل دار درختوں کی رکھوالی کرنا ہے،“ سوتیلی ماں نے حکم دیا۔
لہذا فیصلہ ہوگیا۔ اور فیصلہ یہی رہتا اگر یے شین کا ارادہ اتنا مضبوط نہ ہوتا۔

"You?!" said the stepsister. "You can't go!"
"*You* must stay and guard the fruit trees," ordered the stepmother.
So that was that. Or it would have been if Yeh-hsien had not been so determined.

جیسے ہی سوتیلی ماں اور بہن نظروں سے اُوجھل ہوئیں یے شین مچھلی کی ہڈیوں کے آگے دوزانو ہوگئی اور اُس نے اپنی خواہش کا اظہار کیا۔
جو فوراً ہی پوری کر دی گئی۔

یے شین کا لباس ریشم کا تھا اور اُس کا لبادہ لمبی چونچ والی نیلی چڑیا کے رنگین پروں سے آراستہ کیا گیا تھا۔ ایک ایک پر جگمگا رہا تھا۔
اور جب یے شین اِدھر اُدھر حرکت کرتی تو ہر پر میں سے نیلے رنگ کے وہ مختلف عکس جھلملاتے جن کا تصور کیا جا سکتا ہے۔ گہرا نیلا،
چمکتا ہوا نیلا اور سورج کی کرنوں میں گھلا ملا وہ نیلا رنگ جو مچھلی والے تالاب کے پانی کا تھا۔ اُس کے پیروں میں سنہرے سینڈل تھے۔
یے شین اتنی دلکش لگ رہی تھی جیسے ہوا میں لچکتا ہوا بید مجنوں کا پیڑ۔ پھر وہ چپکے سے وہاں سے نکل گئی۔

Once her stepmother and stepsister were out of sight, Yeh-hsien knelt before her fish bones and made her wish. It was granted in an instant.

Yeh-hsien was clothed in a robe of silk, and her cloak was crafted from kingfisher feathers. Each feather was dazzling bright. And as Yeh-hsien moved this way and that, each shimmered through every shade of blue imaginable – indigo, lapis, turquoise, and the sun-sparkled blue of the pond where her fish had lived. On her feet were shoes of gold. Looking as graceful as the willow that sways with the wind, Yeh-hsien slipped away.

جب وہ جشن کے قریب پہنچی تو اُس کو محسوس ہوا کہ رقص کی دھمک سے زمین کانپ رہی ہے۔ اُس کو نرم گوشت کے تلے ہوئے پارچوں اور مسالہ آمیز شراب کی خوشبو آ رہی تھی۔ وہ موسیقی، گانا اور ہنسی کی آوازیں سن سکتی تھی۔ وہ جس طرف نظر ڈالتی لوگوں کو خوشیوں سے لطف اندوز ہوتے دیکھتی۔ یے شین کی مسرت کا کوئی ٹھکانہ نہیں تھا۔

As she approached the festival, Yeh-hsien felt the ground tremble with the rhythm of dancing. She could smell tender meats sizzling and warm spiced wine. She could hear music, singing, laughter. And everywhere she looked people were having a wonderful time. Yeh-hsien beamed with joy.

بہت سے لوگوں نے مُڑ کر اُس خوبصورت اجنبی کو دیکھا۔
''وہ لڑکی کون ہے؟'' سوتیلی ماں نے یے شین کو غور سے دیکھتے ہوئے سوچا۔
''وہ کچھ کچھ یے شین کی طرح لگتی ہے،'' سوتیلی بہن نے اُلجھتے ہوئے ماتھے پر شکن ڈال کر کہا۔

Many heads turned towards the beautiful stranger.
"Who *is* that girl?" wondered the stepmother, peering at Yeh-hsien.
"She looks a little like Yeh-hsien," said the stepsister, with a puzzled frown.

یے شین نے اُن کی گھورتی ہوئی نظروں کے اثر سے پلٹ کر دیکھا اور اَب وہ اپنی سوتیلی ماں کے روبرو کھڑی تھی۔
اُس کے دل کی حرکت بند ہونے لگی اور مسکراہٹ غائب ہوگئی۔
یے شین وہاں سے اتنی تیزی سے بھاگی کہ اُس کا سینڈل پیر سے پھسل گیا۔
لیکن اُس میں رُک کر اُسے اُٹھانے کی ہمت نہیں تھی۔ وہ گھر تک پورے راستے ننگے پیر سے ہی دوڑتی رہی۔

Yeh-hsien felt the force of their stares and turned around, and found herself face to face with her stepmother. Her heart froze and her smile fell. Yeh-hsien fled in such a hurry that one of her shoes slipped from her foot. But she dared not stop to pick it up, and she ran all the way home with one foot bare.

جب سوتیلی ماں گھر واپس آئی تو اُس نے یے شین کو سوتے ہوئے پایا۔ اُس کے دونوں بازو باغ کے پھل دار درخت کو گھیرے میں لئے ہوئے تھے۔ وہ کچھ دیر اپنی سوتیلی بیٹی کو غور سے دیکھتی رہی۔ پھر ایک طنزیہ قہقہ لگایا۔ ''ہا! بھلا میں نے یہ کیسے سوچ لیا کہ جشن پر ملنے والی عورت تم ہی تھیں؟ احمقانہ خیال!'' لہٰذا اُس نے اِس بارے میں بھی نہیں سوچا۔

اور اُس سنہرے سینڈل کا کیا بنا؟
وہ لمبی گھاس میں چھپا ہوا پڑا رہا۔ بارش میں نہاتا ہوا اور شبنم کے موتیوں سے سجا ہوا۔

When the stepmother returned home, she found Yeh-hsien asleep, with her arms around one of the trees in the garden. For some time she stared at her stepdaughter, then she gave a snort of laughter. "Huh! How could I ever have imagined *you* were the woman at the festival? Ridiculous!" So she thought no more about it.

And what had happened to the golden shoe? It lay hidden in the long grass, washed by rain and beaded by dew.

صبح کے وقت ایک نوجوان اُس دُھند میں چہل قدمی کررہا تھا۔ سنہرے رنگ کی چمک نے اُس کو اپنی طرف متوجہ کرلیا۔
''یہ کیا ہے؟'' اُس نے سینڈل اُٹھاتے ہوئے تعجب سے کہا۔ ''کوئی خاص چیز۔۔۔''
وہ آدمی سینڈل کو پڑوسی جزیرے ٹوہین میں لے گیا اور اُس کو بادشاہ کے سامنے پیش کیا۔

''یہ سینڈل بے حد نفیس ہے،'' بادشاہ نے اُس کو اپنے ہاتھ میں گھماتے ہوئے حیرت سے کہا۔ ''اگر میں اُس عورت کو تلاش کرلوں جس کے پیر میں یہ جوتا فِٹ آجائے تو میں سمجھوں گا مجھے اپنی ہونے والی بیوی مل گئی۔''
اُس نے حکم جاری کیا کہ اُس کے محل کی تمام عورتیں وہ جوتا پہن کر دیکھیں لیکن وہ سب سے چھوٹے پیر کے لئے بھی تقریباً ایک انچ چھوٹا تھا۔
''میں پوری مملکت میں تلاش کروں گا،'' اُس نے اپنے آپ سے وعدہ کیا۔ لیکن کسی پیر کا ناپ صحیح نہیں تھا۔
''مجھے اُس عورت کو تلاش کرنا ہے جس کے پیر میں یہ جوتا فٹ آجائے،'' بادشاہ نے اعلان کیا۔ ''لیکن کس طرح؟''
آخر کار اُس کو ایک ترکیب سمجھ میں آئی۔

In the morning, a young man strolled through the mist. The glitter of gold caught his eye. “What’s this?” he gasped, picking up the shoe, “…something special.” The man took the shoe to the neighbouring island, To’han, and presented it to the king.

“This slipper is exquisite,” marvelled the king, turning it over in his hands. “If I can find the woman who fits such a shoe, I will have found a wife.” The king ordered all the women in his household to try on the shoe, but it was an inch too small for even the smallest foot. “I’ll search the whole kingdom,” he vowed. But not one foot fitted.
“I must find the woman who fits this shoe,” the king declared. “But how?”
At last an idea came to him.

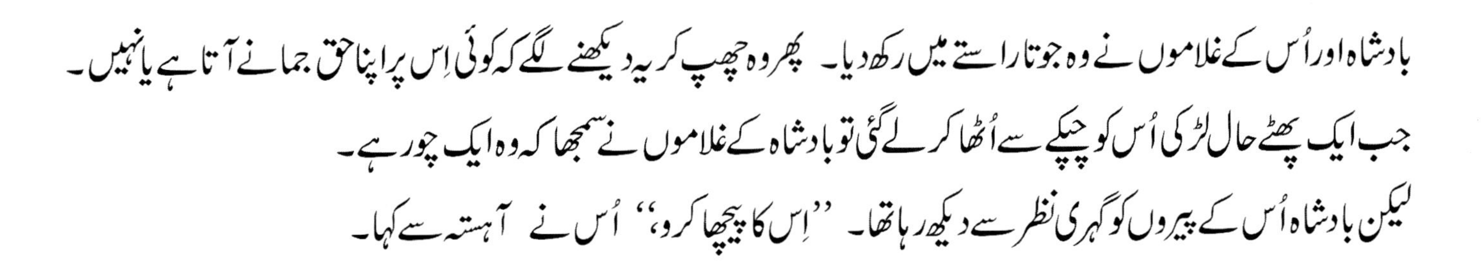

بادشاہ اور اُس کے غلاموں نے وہ جوتا راستے میں رکھ دیا۔ پھر وہ چھپ کر یہ دیکھنے لگے کہ کوئی اِس پر اپنا حق جمانے آتا ہے یا نہیں۔
جب ایک پھٹے حال لڑکی اُس کو چپکے سے اُٹھا کر لے گئی تو بادشاہ کے غلاموں نے سمجھا کہ وہ ایک چور ہے۔
لیکن بادشاہ اُس کے پیروں کو گہری نظر سے دیکھ رہا تھا۔ ''اِس کا پیچھا کرو،'' اُس نے آہستہ سے کہا۔

''دروازہ کھولو!'' بادشاہ کے غلاموں نے چیخ کر کہا اور یے شین کے دروازے کو زور زور سے پیٹنے لگے۔
بادشاہ نے اندرونی کمروں کی تلاشی لی اور وہاں اُس کو یے شین ملی۔ اُس کے ہاتھ میں وہ سنہرا سینڈل تھا۔
''برائے مہربانی،'' بادشاہ نے کہا ''اِس کو پیر میں پہنو۔''

The king and his servants placed the shoe by the wayside. Then they hid and watched to see if anyone would come to claim it.
When a ragged girl stole away with the shoe the king's men thought her a thief.
But the king was staring at her feet.
"Follow her," he said quietly.

"Open up!" the king's men hollered as they hammered at Yeh-hsien's door.
The king searched the innermost rooms, and found Yeh-hsien.
In her hand was the golden shoe.
"Please," said the king, "put it on."

سوتیلی ماں اور بہن کا منہ حیرت سے کھلا رہا گیا جب اُنہوں نے دیکھا کہ وہ اپنے چھپنے کی جگہ گئی۔
جب وہ واپس آئی تو اُس نے اپنا پروں والا لبادہ پہنا ہوا تھا
اور دونوں پیروں میں سنہری سینڈل تھے۔ وہ اتنی خوبصورت لگ رہی تھی جیسے کوئی آسمانی حور
اور بادشاہ سمجھ گیا کہ اُس نے اپنی محبت کا مرکز پا لیا ہے۔

اور پھر یے شین نے بادشاہ سے شادی کر لی۔
ہر طرف روشن قندیلیں اور جھنڈے، نقارے اور ڈھول تھے اور نہایت ذائقہ دار نفیس ترین کھانا۔
جشن سات دن تک جاری رہا۔

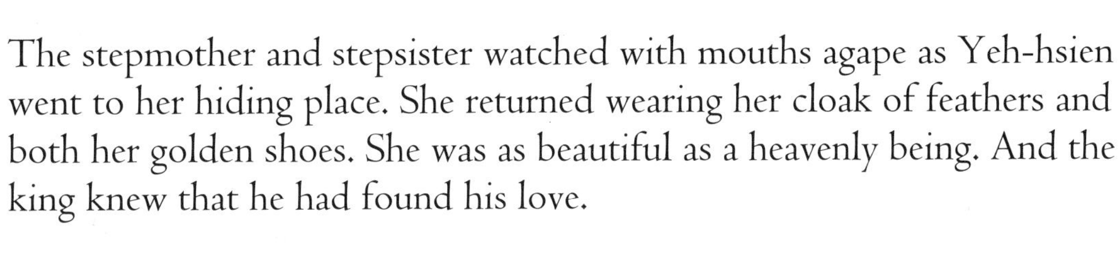

The stepmother and stepsister watched with mouths agape as Yeh-hsien went to her hiding place. She returned wearing her cloak of feathers and both her golden shoes. She was as beautiful as a heavenly being. And the king knew that he had found his love.

And so Yeh-hsien married the king. There were lanterns and banners, gongs and drums, and the most delicious delicacies.
The celebrations lasted for seven days.

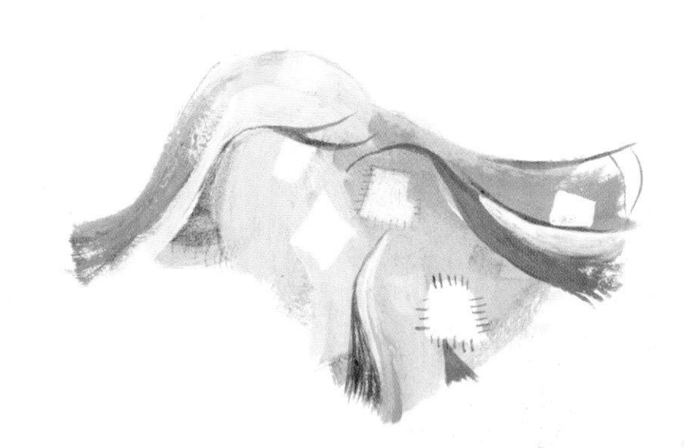

یے شین اور اُس کے بادشاہ کے پاس ہر وہ چیز تھی جس کی وہ خواہش کر سکتے تھے۔
ایک رات اُنہوں نے مچھلی کی ہڈیوں کو سمندر کے کنارے دفن کر دیا جہاں سے سمندر کی لہریں اُن کو بہا کر لے گئیں۔

مچھلی کی روح اَب آزاد تھی سمندر کی کرنوں سے جگمگاتے پانی میں ہمیشہ تیر سکتی تھی۔

Yeh-hsien and her king had everything they could possibly wish for. One night they buried the fish bones down by the sea-shore where they were washed away by the tide.

The spirit of the fish was free: to swim in sun-sparkled seas forever.